삭망월

朔望月

달이 차고 기울기까지

삭망월 朔望月 : 달이 차고 기울기까지
초판 1쇄 인쇄_ 2017년 7월 17일 | **초판 1쇄 발행_** 2017년 7월 24일
지은이_강나영, 원하영 | **엮은이_**강나영 | **펴낸이_**오광수 외 1인 | **펴낸곳_**꿈과희망
디자인 · 편집_김창숙, 박희진 | **마케팅_**김진용
주소_서울시 용산구 백범로 90길 74, 대우이안 오피스텔 103동 1005호
전화_02)2681-2832 | **팩스_**02)943-0935 | **출판등록_**제2016-000036호
e-mail_ jinsungok@empal.com
ISBN_979-11-6186-003-9 43810
※ 책 값은 뒤표지에 있습니다.
※ 새론북스는 도서출판 꿈과희망의 계열사입니다.
ⓒPrinted in Korea. | ※ 잘못된 책은 바꾸어 드립니다.

삭망월 朔望月

달이 차고 기울기까지

글 · 강나영 · 원하영 ㅣ 사진 · 강나영

꿈과희망

낮과 밤,

어쩌면 이른 새벽까지,

오랜 시간 동안,

생각이 날 때마다 적은 시들입니다.

아주 오랫동안 적은 것도 있고,

단 몇 초 만에 떠올라 적은 것도 있습니다.

그만큼 이 시들 하나하나에

주변의 모습들과 딱 지금 이 나이에만

적을 수 있는 것들이 담겨 있습니다.

많은 이들이 공감할 수 있기를 바라며

많고, 복잡한 의미들을 담기보다는

다양한 감정들을 담으려 노력했으나

아직은 어리숙하고

다 자라나지 않은 글들인 것 같습니다.

그러니 고등학생 시절을 떠올리며

조금은 어린 마음으로,

시를 이해하기보다는 공감하는 마음으로

읽어주었으면 합니다.

몇 분이면 다 읽을 수 있는 내용이지만,

조금은 여유를 가지고 글과 함께

많은 이야기를 담고 있는 사진들도 읽어주세요.

이들 중

여러분이 공감할 수 있는 시가 있기를 바랍니다.

2016.11.12. 강나영

2016년 한 해의 경험과
진솔한 감정이 고스란히 담긴 시들입니다.
읽다 보면 힘들게 시험공부를 하던 순간,
교내 대회를 위해 시를 쓴 순간,
또는 누군가 때문에 가슴앓이를 하고
즐거워하고 슬퍼했던 순간 등등
한 해의 별거 아닌 장면 하나하나가
저에게는 짧은 시들로 기억되고 있습니다.
또한, 첫 번째 시를 쓴 순간부터
시집에 담을 마치는 말을 쓴 순간까지
이 시집을 위해 투자한 시간 중 단 1초도
가치 없는 순간은 없다고 자부할 수 있고,
앞으로도 종종 이 시집을 읽으며
2016년의 정취를 되새길 그 순간도
가치 있을 것입니다.

지금 이 책을 펼치신 여러분들께도
이 시집을 읽을 이 순간이
가치 있는 순간이 되길 기도합니다.

2016.11.12. 원하영

제1장_ 강나영

내가 너를 기다려도

제2장_ 원하영

가을의 향

제3장_ 강나영

잊고 사는 것

제4장_ 원하영

나에게 있어
가장 사랑스러운 너에게

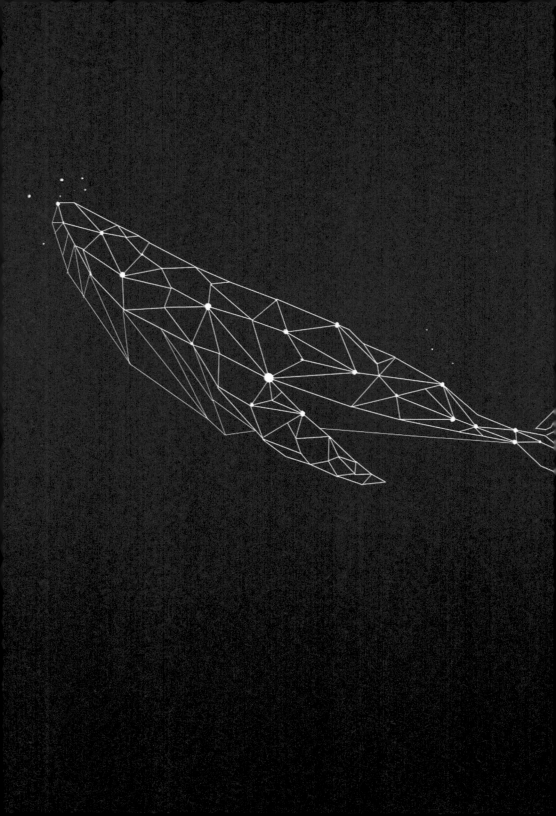

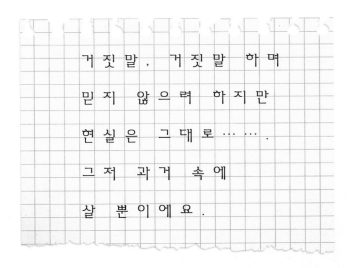

내가 너를 기다려도

거짓말, 거짓말 하며
믿지 않으려 하지만
현실은 그대로…….
그저 과거 속에
살 뿐이에요.

제1장 - 강나영

하해(夏海)

_ 강나영

가득 들이쳤던 바닷물이
씻겨 내려갔습니다
바람이 일고 온 것들도 함께

움직임은 그저
파도 소리만을 보여주는 듯합니다

별이 몸담고 있는 하늘과
바다가 담고 있는 별들을 모두
내 눈에 담고

그 광활함을 담아서
나는 그곳에 홀로 있었습니다

아파도 꽃은 꽃이구나

_ 강나영

문드러진 줄기 끝에
하얀 꽃을 피웠다

위태한 줄기가 바친
그 꽃 위에
벌 한 마리가 앉는다

일을 마쳐 떠나고
꽃은 아름다움을 간직한 채
바닥을 향했다

아파도 꽃은 꽃이구나

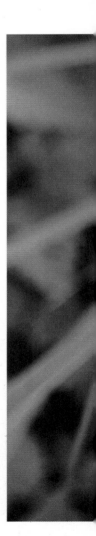

이상적인 말

_ 강나영

그대가 우는 것을 보고
함께 울어주었습니다
등을 토닥여주며
위로의 말도 건네주었지요

슬픔을 나누면 반으로 줄고
기쁨을 나누면 두 배가 된다지요

하지만
그대가 웃는 것을 보고
함께 웃어주었지만
함께 기뻐할 수는 없었어요

축하의 말을 해주었지만
내면의 열등감에
또 하나의 슬픔이
그대의 기쁨만큼 늘었네요

그래도 언젠가 세월이 지나면
그대가 기뻐하는 것에
순전히 좋아할 수 있겠지요

저는
그런 사람이
되고 싶습니다

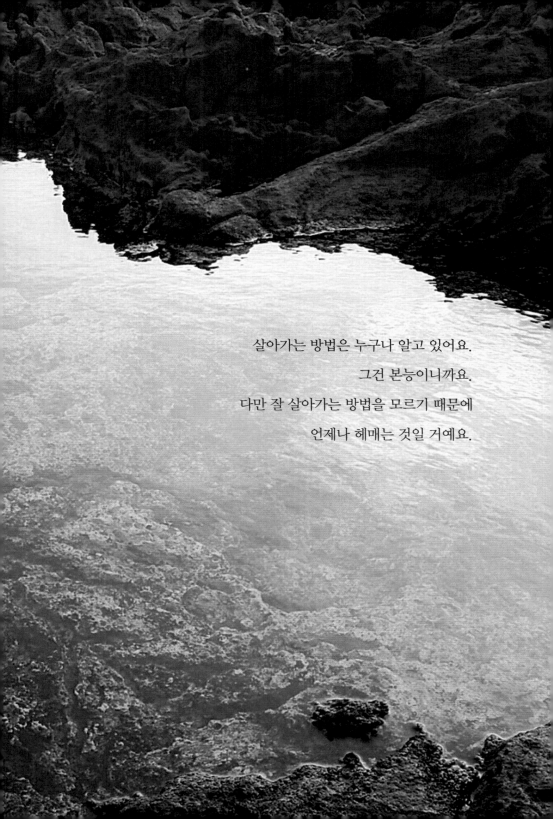

살아가는 방법은 누구나 알고 있어요.

그건 본능이니까요.

다만 잘 살아가는 방법을 모르기 때문에

언제나 헤매는 것일 거예요.

바다

_ 강나영

바다의 말을 알아들었다
이제껏 들리지 않는 것들이
사실은 빠르기 때문이라 생각했다

실제로 그들은 아주 느리게 인사한다
모두 담아낸 몸뚱어리는
무겁고 더디지만
따뜻한 것이었고

그들의 대화에는
화술을 대신하여
두 눈만 있으면 된다는 것을
그들이 나를 받아주었을 때에서야
알게 되었다

마음대로 안 되는 날
자꾸 마음 같이 안 되는 건지
내가 마음 같지 않게 하는 건지
의심스러워

졸음참기

_ 강나영

중력을 거부하려는
몸부림

사람의 머리가
가장 무겁다는 것의
증명이 필요 없구나

상사병

_ 강나영

그리움이
지워지지 않아

자꾸 주위를 맴돌아

그리움은 시간에 지워지는 것이 아니라

잊으려 해도 잊혀지지 않는 것이야

오용

_ 강나영

한 발짝 다가설 때마다
너는 자유로워지는 길을
따라간다고 생각했겠지

그리고 마지막
빈 허공에 발을 내디딜 때

그래
그때

너는 용기가 없었던 거야
그때 너는
죽는 것이 사는 것보다
힘들다는 것을 알게 되었으니까

네가 용기가 있었다면
너는
자유를 찾아가지 않을 테니까
그랬다면 너는
그 공허함에
다시 한 번 자유를
원했을 테니까

공부를 해도 성적이 안 오르는 이유

_ 강나영

문제집보다
답지가 더 빨리 닳아서

성적표

_ 강나영

잊혀질 즈음
다시 생각나게 해

모두들 알고 있다고 생각하지만

사실 아무도 모르는 것에 대해

— 강나영

네가 어젯밤 꿨던 꿈

나는 거기에 있었어

너는 모를 테지만

운수

_ 강나영

좋을 땐
찾지도 않으면서
나쁠 때만
갖다 붙여 마음상하지

그러니까 네가 불행한 거야

원천우인 (怨天尤人) ― 강나영

땅에 박힌 돌을 탓하고

내 옆의 사람을 탓하고

거울에 눈 마주친 사람을 바라보며

내가 가진 유전자를 탓하며

나도

너도

매일을

밖만 바라보고 서있으며

또

하늘을 탓하네

나에게 약속해

_ 강나영

뒤를 돌아봐
난 아직도
거기 있는데

앞으로 나아가지도
다시 되돌아가지도 못해
아직도 그 자리에 서있어
그리고 멀어지는 너를 바라봐

물론
나에겐 멀쩡한 다리도,
네가 가고 있는 순탄한 길도 있지

하지만 나아가려 발을 떼려 해도
자꾸 뒤를 돌아보면
몸이 움직이지 않았어

다만 너를 눈으로 쫓았지만
지금에서야 깨달았어
아마 여드레 후면
넌 보이지 않을 거라는 거
내가 붙잡아야 하는 건
과거가 아닌 너라는 거

그래서
무거운 짐을 두고
이제 너에게 가려고 해
그래서
난 다시는 과거 속에 살지 않겠다고
나에게 약속해

밤이 다가온 도시는 낮보다 환히 빛나요.

반짝반짝 색색의 빛으로 물들지요.

다만 아쉬운 건

모두가 별들을 잊고 산다는 것이에요.

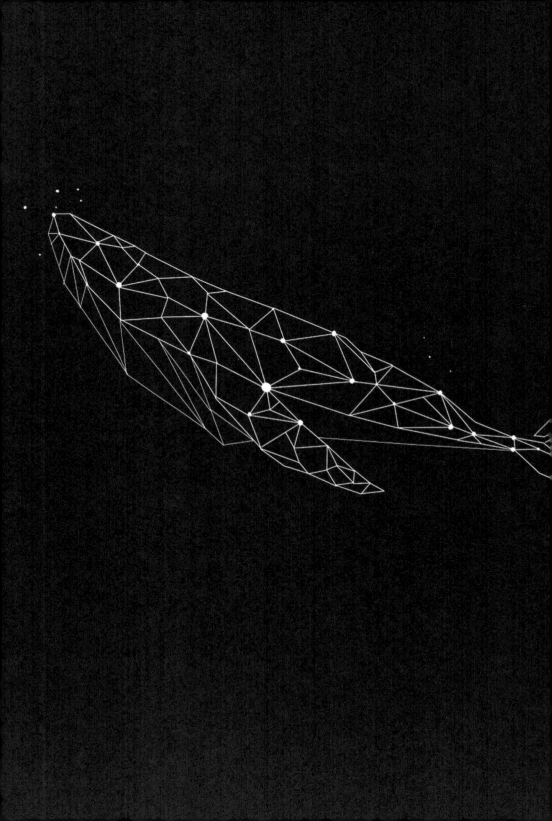

가을의 향

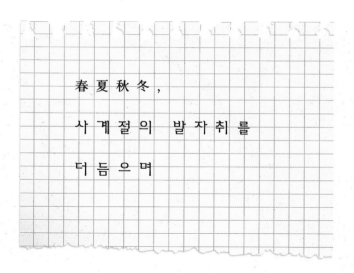

春夏秋冬,

사계절의 발자취를

더듬으며

제 2 장 - 원하영

가을의 향

_ 원하영

다 밀려난
여름의 끝자락에서

정처 없는 나그네처럼
나도 그저 걷고만 싶어라

발끝에 저미는 푸른 잎이
노을을 머금어 붉어지고

코끝으로 스미는 가을의 모습도
향기롭기만 하여라

아, 가을 냄새
참 좋다

빙화

_ 원하영

우아한 꽃 한 송이가
바람도 불지 않았는데
나풀나풀 춤을 춘다

그 꽃이 저리 날기까지의
억겁의 시간과 상처는
저 우아한 꽃의 훈장이리라

가을 탄다

_ 원하영

이번 가을에는
네가 없어
쓸쓸하구나

초원의 빛

― 원하영

푸른 잔디의 저 곳으로
우리 함께 떠났으면

저 곳에서 우리 함께
풀밭에 머리를 뉘이고
찬찬히 생각해 보았으면

더 큰 것만 원하던
더 빠른 것만 원하던
우리의 죄악을

입춘, 마곡사 입구에 서서

_ 원하영

봄의 색이 완연한 꽃들이
봄바람에 흩날리며 부는
고운 휘파람 소리가
날 동심으로 이끈다

세속의 소리도 막아주는
태극의 산천이
날 사색으로 이끄는데
자연이 주는 만큼
아름다운 소리는 없으리라

빛바랜 단청도
수백 년간 문지기를 자청한
아름드리 멋진 나무들도
손님 가리지 않고 받아주는 것이

낡고 오래된 것이 좋다는 옛말
틀린 것 하나 없구나

봄에는 역시 마곡사렷다

그저 그렇다

— 원하영

익숙한 것을 놓고
새로움을 좇는 내가
원망스럽진 않은 건지

그나마 날 잡고
놓아주지 않는 네가, 나는
그게 불만이면서도 고맙다

요즈음에
내 마음이 그저 그렇다

천고마비

_ 원하영

아이야,
하늘을 올려다 봐
구름 한 점 없이 맑지

아이야,
티끌 하나 없는
저 하늘 같은 네 마음을

마치 무지개처럼
우리에게 띄워주지 않으련

당신에게 드리는 고백

— 원하영

아버지
제가 눈을 들어
저 산을 보았을 때
당신의 눈을 보았고

아버지
제가 몸을 숙여
당신의 발에 입 맞출 때
당신의 품에 안기었고

아버지 당신이
그대의 경건한 입술로
날 불러 주었을 때야
당신과 눈을 맞추겠습니다

산딸기

_ 원하영

발갛게 달아오른 익은 몸을
부끄러운 듯 배배 꼬며
지나는 이들을 유혹하는
관능적인 몸짓도,

한 입 베어 물면 나오는
달디단 과즙도
시디신 과즙도
그저 사랑스러운 오뉴월의 너

달님을 보고픈 마음에…

_ 원하영

캄캄한 하늘에
먹구름이 문득 드리워져
달님이 가려진다 해도
별 수 없지요

달님은 보이지 않더라도
달빛은 볼 수 있으니
불행 중 다행이지요

달님을 그리는 마음이
뼈에 사무치고
가슴에 한이 맺혀도
별 수 없지요

달님 곁에 있는 별들이
당신을 지켜주기만을
바랄 뿐이지요

성장통

_ 원하영

죽을 듯 사랑했던 누군가와
죽을 만큼 아픈 말을 내뱉게 되고

없으면 못 살 것 같던 누군가와
만나도 없는 이처럼 스쳐 지나게 되고

이런 것이 모두
성장의 아픔이지 않겠느냐

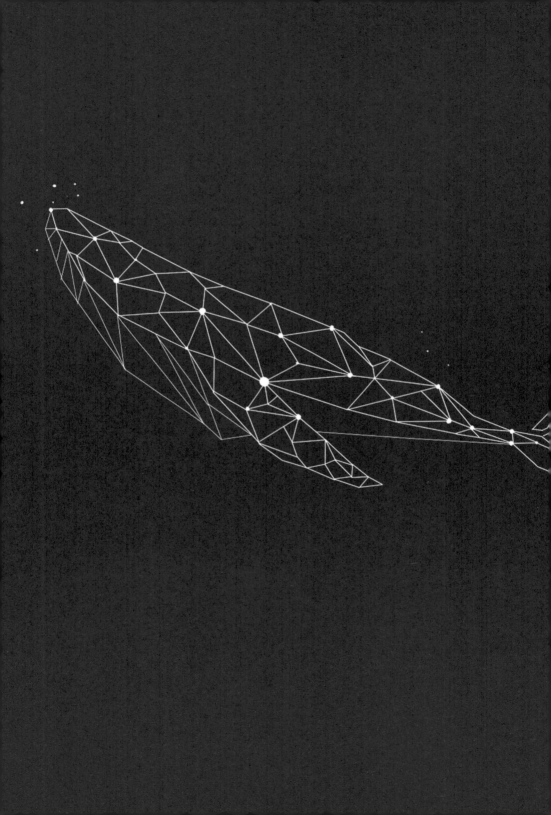

잊고 사는 것

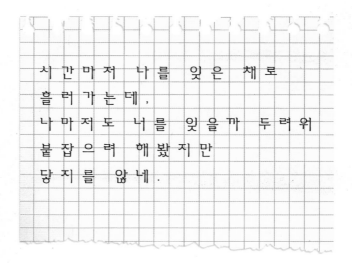

시간마저 나를 잊은 채로
흘러가는데,
나마저도 너를 잊을까 두려워
붙잡으려 해봤지만
닿지를 않네.

제3장 - 강나영

그대를…
기다립니다

_ 강나영

그대를 기다렸어요
그대가 오는 날을 말해 주지 않아
우산을 접지 않고 기다렸어요
(오늘따라 우산이 커 보이네요)

그대와 같은 하늘 아래 있는 한
우산을 접지 않겠어요

그러니
우리 약속해요
그대가 비 오는 날
나를 발견한다면
나에게 오기로요

지난 것들은 애기하지 말기로 해요.

아깝지 않습니다

_ 강나영

그대에게
내 모든 것들을 드릴께요

아낌없이 드리는 것이 아닙니다
그대에게 주는 모든 것들이
아깝지 않기에

그러니
그것들과 함께
제가
그대의 마음속에 깃들기를
기다리는 시간도
아깝지 않습니다

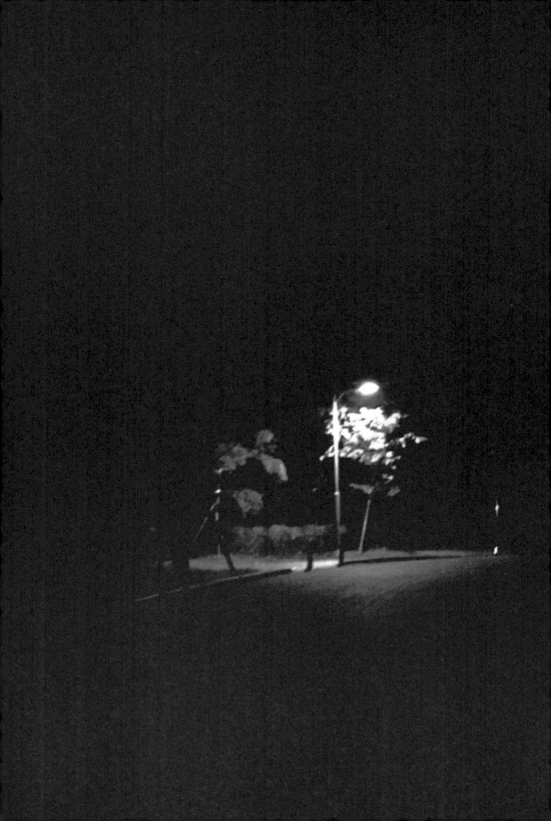

그대를 생각하면 마치 밤길을 걷는 듯해요.

어두워 슬픈 건지,

무겁게 내려앉은 하늘이 견디기 버거운 건지,

그것도 아니면

혼자라 외로운 건지…

때로는

_ 강나영

때론 그럴 때가 있다
바다를 향해 흐르는 강물을
거슬러 헤엄치고
아무도 걷지 않은 눈 위에
발자국을 남기고
아무도 발견하지 못한
네잎클로버를 찾고
아무도 가지 않은 길로
걸어가고 싶다

때론 아무도 하지 않은 일을
때론 아무도 오지 않을 곳을

그리고
내가 걸어간 그곳을
누군가 찾아오길
남몰래 흔적을 남기며
걸어가고 싶다

팽목항에서 보내는 편지

_ 강나영

오늘도 너가 보여

어제도 봤지
근데 넌 돌아보지 않더라

이제 너가
어떤 표정을 했었는지
기억이 안나

하지만 울고 있지는 않았으면 좋겠어

매일 같이
오늘 밤에는
너의 얼굴을 볼 수 있길
기도하며
잠에 들어

그래서인지
낮이 되어 가면
밤이 그리워져

너만큼이나

밤을 무서워했던 나인데도
너를 만날 수 있다는 것이
그 두려움보다
따뜻했나 봐

그래서
더
놓기
힘들었나 봐

울지 마
모든 이들이
널 위해
울어주고 있으니까
그러니까

울지 마

매일 밤 꿈에서 그댈 만나면
춥지 않게 꼬옥 안아줄게요

새장 속에 사는

_ 강나영

세상은 넓고
넓고
넓은 곳이라고
우리가 살고 있는 곳은
그저 둥지에 불과하다고
그걸 왜 너는 알지 못하냐고

같은 말을
다른 사람에게서 듣고
듣고
들었지만

아,
둥지가 날 가뒀구나
둥지인 줄 알았더니
새장이었구나

왜,
날갯짓 한 번 안 해보고
모이만 쪼아먹냐고

오늘도

세상은

나를 강하게 만드는 게 아니라

강한 척하게 만들어요.

울고 있는 당신에게

—강나영

괜찮냐고

괜찮냐고

괜찮냐고

괜찮냐고

많이 힘들었냐고

소식 ─ 강나영

편지가 잘 도착했는가
왜 답장은 안 하는가
밥은 잘 먹고 다니는가
몸은 괜찮은가
혹, 우표 살 돈이 없는 거라면
다음번엔 같이 보내주겠네
그러니
아무 말 안 해도 좋으니
보내만 주겠는가
살아있단 것만이라도
확인하게

아픔에 익숙해진 거지,
겪을수록 덜 아파지는 건 아니야.

무뎌짐

― 강나영

오래도록 참았더니
우는 법조차 잊었다

갓난아기조차 아는 것을
잊고 사는 나에게

어릴 적으로 돌아간다면
우는 법을
가르쳐 주어라

하나씩 하나씩 잃는 건지, 잊는 건지…

溫雪

_ 강나영

눈은 왜 겨울에만 내리나요, 어머니
소녀가 작은 질문을 던졌다
대답은 조용했다
어머니의 말씀은 한결같다
아가야, 눈은 언제나 내릴 수 있단다
네가 한여름에 내리는
눈을 보게 된다면
그건 네가 어른이 되었다는 것이란다

소녀는 그녀의 말을 이해하지 못했다
소녀는 오래도록 겨울바람과 함께
휘날리는 눈만을 맞으며 살아왔다

다음해 여름,
소녀는 조용한 병실에 앉았다
소녀의 어머니는 무거운 눈을 감으며 말했다
이제는 여름에도 눈이 내리겠네
아가야,
겨울의 눈처럼 쌓아두지 말거라
여름에 내리는 눈은 녹아버리지
그렇기 때문에 사람들은
여름에는 눈이 내리지 않는다고 생각하는 거란다

소녀의 어머니는 눈이 되어 바다에 앉았다
뜨거운 햇살도, 바닷물도 차디찬 눈을 녹게 하지 못했고
추위를 싫어하는 소녀는 쌓여가는 눈을 바라보고만 있었다

다음해,
소녀가 눈이 따뜻하다는 것을 깨닫고 나서야
비로소 눈은 비가 되어 내렸고
소녀는 눈을 좋아하게 되었다

밤이 사람을 슬프게 한 걸까요,
사람이 밤을 슬프게 한 걸까요.

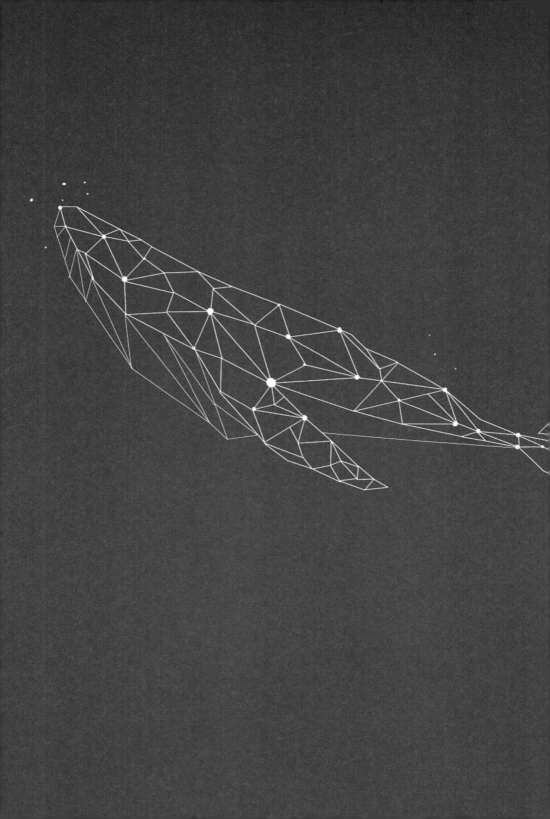

나에게 있어
가장 사랑스러운 너에게

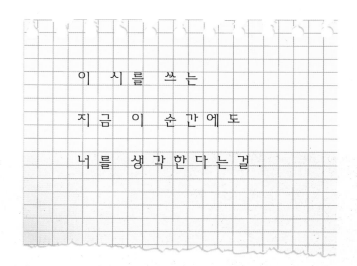

이 시를 쓰는

지금 이 순간에도

너를 생각한다는걸.

제4장 - 원하영

바람

_ 원하영

갑자기 불어온 거센 바람이
내 머리칼을 온통 헤집어 놓고,

미처 정리할 시간도 주지 않은 채
다시 한 번 불어온 바람은

한 번 잡아볼 기회도 주지 않고
애석하게도 달아나 버린다

미로야

_ 원하영

길을 잃었습니다
출구를 찾는데
도통 나오질 않네요
이리 헤매는 건 나뿐인 듯해
더 서글픈 밤이에요

혹시 당신도 길을 잃었나요?

낙원

— 원하영

전 어디에서든
오매불망 당신만을 찾아요

제게 낙원이라 함은
그저 당신이 있는 곳이니까요

옥오지애

_ 원하영

너무 아름다워서
행여나 가시에 찔릴까
두렵고 겁이나
감히 손 댈 수조차 없었다

그러나 이제는
찔려 죽어도 좋으니
차라리 그 가시로
날 찔러주어라

나에게 있어
가장 사랑스러운 너에게

_ 원하영

넌
아마
모르겠지

오늘은 뭐했니?
소소하게 묻고픈
내 마음을

넌
이것도
모르겠지

그냥 바라만 봐도
절로 호선이 그려지는
내 입술을

네가
알아줬음
좋겠다

이 시를 쓰는
지금 이 순간에도
너를 생각한다는 걸

우연히

_ 원하영

갑자기 날아온 꽃 한 송이가
향기 없는 삶에
향기를 불어넣어 주고

그 향기로 인해 벌들이 꼬여
엉망이 되어도
언젠간 꽃이 내 곁을 떠나게 될지라도

그 꽃 한 송이만이
날 행복하게 만들어 준다면,
부디 나에게 날아와 줬으면

너에게

_ 원하영

내 눈이 멀어도 네 얼굴은 보이고
너를 향한 이것은 그저 내 순수한 마음뿐이다

아픈 사랑

_ 원하영

바라보면
코끝이 찡하고
가슴이 아리다

바라보면
좋은 것이
사랑 아니던가

짝사랑도
사랑이거늘

어디서 뭘 하는지
얼굴 한 번 보기 어렵네.

허우룩

_ 원하영

아아, 풀꽃을 사랑하는 내 마음은
아직 전과 같이 뜨거운데
저 풀벌레들 사이서
무슨 일이 오갔기에
내 풀꽃이 나를 피해
바람을 타고 날아가는가

모순

— 원하영

그대를 보면

슬픈데, 행복해요

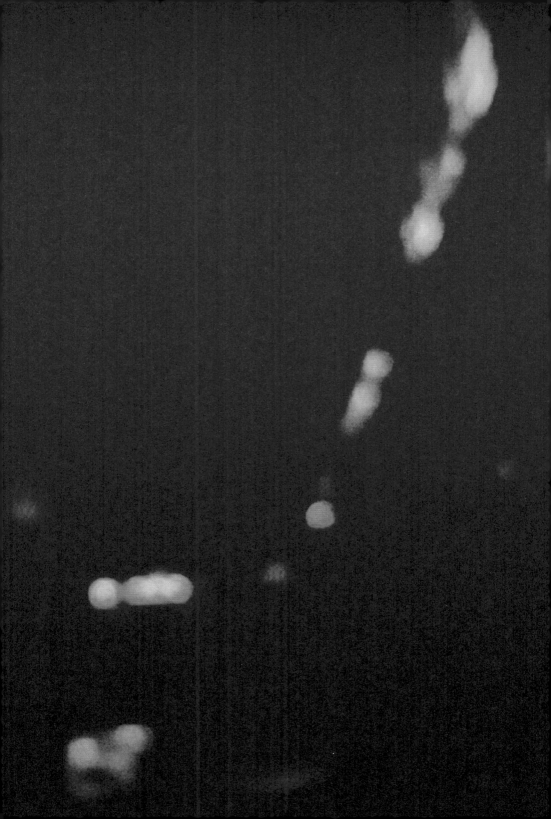

넌 진짜 모르는 거냐

이 모든 게 널 향한 글이라는 걸.

내 아픔도, 사랑도
뭐, 언젠간 무뎌지겠지

　달이 차고 기울기를 반복하는 동안 우리의 마음도 수없이 변하고 많은 것들을 경험하겠죠. 오늘은 무엇을 했는지 되돌아보세요. 어떤가요? 생각보다 많은 일들이 있었나요? 아니면 아무것도 한 것이 없는 것 같아 무심코 흘려보낸 시간들이 아깝나요? 시간에 있어서는 너무 구두쇠 같은 사람이 되지 않았으면 좋겠어요. 물론 흥청망청 써버리라는 말이 아닙니다. 그저 강박적으로 시간에 얽매이지 않고 조금은 느긋하게, 그리고 자신이 지나온 길들이, 그것들만이 가질 수 있는 가치가 있다고 생각해 주었으면 합니다.

　이 책을 만드는, 이제는 과거가 되어가고 있는 이 시간들이 언젠가 책장 속에 놓여있는 이 책을 발견할 때에도 계속 기억할 수 있었으면 좋겠습니다. 이 짧은 한 권이 저에게는 단순히 '글쓰기'의 의미를 넘어선 듯합니다. 시를 쓰고, 편집을 하고, 알맞은 그림을 그리거나 사진을 찍기도 했습니다. 그렇기에 더 다양한 경험이 쌓인 것 같습니다. 특히 사진을 찍다 보니 주위를 많이 둘러보게 되어 매일을 뛰어다니던 길에 많은 것들이 있었음을 알아차리기도 했지요. 이렇게 많은 경험들을 쌓을 기회를 준 제 학교와, 매일 신경써주신 강연희 선생님, 그리고 이래라 저래라 시킨 대로 아무 대가 없이 그림을 그려준 성현이, 곁에서 부족한 제 글을 보면서 칭찬을 해준 친구들과 응원을 해주신 선생님들, 무엇보다 처음에 시집을 함께 만들자고 한 제안을 승낙해 주고, 아름다운 글을 써준 하영이에게 감사의 마음을 담으며 마무리합니다.

　'삭망월: 달이 차고 기울기까지'. 이 책이 저에게도, 다른 누군가에게도 무언가의 새로운 시작이 되길 바랍니다.

2016.11.14. 강나영

봄과 여름, 그리고 가을과 겨울 사계절의 사이에서 절 성장시켜준 이 많은 시들이 이 시집을 읽을 누군가에게도 성장의 발판이 되었으면 합니다. 아직 한참 모자라고 아마추어 같은 글 솜씨인데다가 부족하고 오그라들기도 하지만, 이런 티 없이 순수한 여고생의 맑은 마음을 노래할 수 있는 시간이 지금이 유일하기에 이 책이 부끄럽지 않습니다. 인내 없는 제가 도중에 포기하지 않게 곁에서 격려해 주고 지지해 준 주변의 많은 친구들에게도, 저처럼 모자란 친구와 책을 내느라 고생 많았을 나영이에게도, 특히 존재만으로도 시를 쓸 수 있는 큰 원동력이 되어준 분에게도 감사하며 책을 끝마칩니다.

제 진솔한 마음만이 가득한 이 첫 번째 시집이, 누군가에게도 진솔한 마음을 털어놓을 친구가 되길 간절히 바랍니다.

2016.11.13. 원하영

글_ 강나영 / 원하영

편집_ 강나영

일러스트_ 김성현 / 강나영

사진_ 강나영 / 김혜정

참고도서_ 〈오늘따라 詩詩한 그대에게〉
편집을 참고했습니다.
덕분에 예쁜 책을 만들 수 있었습니다.
그만큼 제게 아름답게 기억되고 있는 책이지요.
사랑의 마음을 담고 있는 시들이 모두 좋습니다.

· · · · · 감사의 말 ·

　무얼 해도 귀찮아지는 주말마다 나오셔서 지도해 주신 강연희 선생님께 감사의 말
을 전합니다. 선생님 덕분에 포기하지 않고 끝까지 완성시킬 수 있었습니다. 좋은
경험 만들 수 있게 도와주셔서 감사합니다.

　' ' ' ' ' ' ' · ' ' ' '

　고래를 좋아합니다. 아름다운 삽화를 그려준 성현이에게도 고맙단 말 전하고 싶어
요. 금보다 더 귀한 손을 가지고 있지요. 여섯 번이나 들어간 고래그림이 정말 마음
에 들어요.
　까다로운 요구에 맞게 예쁜 그림 많이 그려줘서 고맙고 이번 기회에 네 그림이 좀
더 많은 사람에게 전해지고, 너에게도 무언가 새로운 경험이었으면 좋겠어.

_2016.11.14. 강나영

책은 여기서 마쳐도

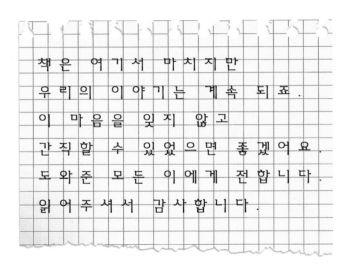

책은 여기서 마치지만
우리의 이야기는 계속 되죠.
이 마음을 잊지 않고
간직할 수 있었으면 좋겠어요.
도와준 모든 이에게 전합니다.
읽어주셔서 감사합니다.